Les trois petits cochons

À Eliot, le tout premier lecteur de cette histoire.
M.

www.editions.flammarion.com

© Flammarion, 2014
Éditions Flammarion – 87, quai Panhard-et-Levassor, 75647 Paris Cedex 13
ISBN : 978-2-0813-0900-5 – N° d'édition : L.01EJEN001133.C003
Dépôt légal : mars 2014
Imprimé en France par Pollina S. A. – 09/2015 - L73763B
Loi n° 49-956 du 16 juillet 1949 sur les publications destinées à la jeunesse.

Les trois petits cochons

Texte de
Magdalena

Illustrations
d'Élodie Durand

Castor Poche

Il était une fois, dans la forêt,
1, 2, 3 petits cochons très différents.

Un matin, les trois petits cochons quittent
la maison de Maman et Papa cochons
pour aller construire chacun une maison.

Sur le chemin, le premier petit cochon
ramasse de la paille.
Il s'arrête au milieu de la forêt et, rapidement,
construit sa maison en chantant :

« Une maison en paille, c'est parfait !
Pourquoi se fatiguer ?
Autant vite terminer pour vite se reposer... »

Sur le chemin, le deuxième petit cochon ramasse du bois.
Il s'arrête au milieu de la forêt et, rapidement, construit sa maison en chantant :

« Une maison en bois, c'est parfait !
Pourquoi se fatiguer ?
Autant vite terminer pour vite se reposer… »

Tout au long du chemin,
le troisième petit cochon ramasse
des cailloux.
Il s'arrête au milieu de la forêt et, patiemment,
construit sa maison en chantant :

« Une maison en cailloux,
Ça prend un temps fou !
Mais ça tient toujours debout ! »

Ses deux frères l'observent
et se moquent de lui :
« Quel ennui de passer autant de temps
à construire sa maison ! Nous, on a déjà fini ! »

Il était une fois, dans la forêt,
un grand méchant loup qui avait décidé
de manger 1, 2, 3 petits cochons.

Le loup frappe chez le premier petit cochon.
« Toc, toc, toc ! Ouvre-moi, je veux rentrer
chez toi ! dit le loup, sûr de lui.
– Pas question, espèce de gros glouton »,
dit le premier petit cochon.

« Alors je vais souffler, souffler tant et tant
que cette pauvre petite maison en paille
ne tiendra pas longtemps debout. »

Le loup souffle, re-souffle,
et la petite maison en paille tremble
et s'envole.

Aussitôt, le premier petit cochon prend
ses pattes à son cou.
Le loup ne voit qu'une queue en tire-bouchon
filer sous son museau, et il la suit.

Le premier petit cochon se réfugie
tout tremblant dans la maison en bois
de son frère cochon.

Le loup frappe chez le deuxième petit cochon.
« Toc, toc, toc ! Ouvre-moi, je veux rentrer
chez toi, dit le loup, sûr de lui.
– Pas question, gros glouton »,
répondent les deux petits cochons.

« Alors je vais souffler, souffler tant et tant
que cette pauvre petite maison en bois
ne tiendra pas longtemps debout. »

Le loup souffle, re-souffle,
et la petite maison en bois tremble,
tremble et s'écroule.

Aussitôt, les deux petits cochons prennent
leurs pattes à leur cou.
Le loup ne voit que deux queues
en tire-bouchon filer sous son museau,
et il les suit.

Les deux petits cochons se réfugient
tout tremblants dans la maison en cailloux
de leur frère cochon.

Le loup frappe chez le troisième petit cochon.
« Toc, toc, toc ! Ouvre-moi, je veux rentrer
chez toi, dit le loup, sûr de lui.
– Pas question, gros glouton, répondent
les trois petits cochons.
– Alors je vais souffler, souffler tant et tant
que cette pauvre petite maison en cailloux
ne tiendra pas longtemps debout.
– Ce n'est pas vrai du tout, dit le troisième
petit cochon. Ma maison en cailloux tient
bien le coup et elle restera debout ! »

Le loup souffle.
Mais il ne se passe rien.
Le loup souffle et re-souffle.
Mais la maison en cailloux ne bouge pas.

Pendant ce temps, les trois petits cochons
chantent en préparant un bon feu
dans la cheminée :
« Les maisons qui tiennent debout
Sont faites en bons gros cailloux ! »

Et plus le loup souffle fort,
plus ils chantent fort :
« Qui veut manger les cochons ?
C'est le loup, c'est le loup.
Qui finira dans le chaudron ?
Ce n'est pas nous, c'est le loup ! »

Le loup souffle tant et tant qu'il s'essouffle.
Alors, fatigué de souffler sans succès,
il grimpe sur le toit.
Il descend par la cheminée.
Mais de belles grosses flammes l'attendent.
Et le loup se brûle la queue !

29

De mémoire de cochon, on dit :
« On n'a vu qu'une longue traînée de fumée
en tire-bouchon, car le loup courait
en criant et en zigzaguant. »

Les Contes du CP

Retrouve tes contes préférés spécialement adaptés au niveau de lecture du CP.

Le Petit Chaperon rouge,
rouge de la tête aux pieds,
quitte le chemin qui le mène
chez Mère-grand.
Il s'enfonce dans la forêt,
sans voir que le loup l'observe.

À découvrir :

Les histoires de « **Je suis en CP** » pour t'accompagner
tout au long de l'année !
3 niveaux de lecture correspondant aux grandes étapes
d'apprentissage, de la lecture accompagnée à la lecture autonome.

Le nouveau
NIVEAU 1

Le bras cassé
NIVEAU 2

La classe de mer
NIVEAU 3